U0724880

（修订版）

猫是一朵云

余幼幼 著

南京出版传媒集团
南京出版社

图书在版编目（CIP）数据

猫是一朵云 / 余幼幼著. -- 修订版. -- 南京：南京出版社，2024.4
ISBN 978-7-5533-4708-0

Ⅰ.①猫… Ⅱ.①余… Ⅲ.①诗集 – 中国 – 当代
Ⅳ.①I227

中国国家版本馆CIP数据核字（2024）第063824号

书　　名　猫是一朵云（修订版）
作　　者　余幼幼
出版发行　南京出版传媒集团
　　　　　南　京　出　版　社
　　　　社址：南京市太平门街53号　　　　邮编：210016
　　　　网址：http://www.njcbs.cn　　　　电子信箱：njcbs1988@163.com
　　　　联系电话：025-83283893、83283864（营销）　025-83112257（编务）

出 版 人　项晓宁
出 品 人　卢海鸣
责任编辑　王　娜
装帧设计　石　慧
责任印制　杨福彬

排　　版　南京新华丰制版有限公司
印　　刷　南京新世纪联盟印务有限公司
开　　本　787毫米×1092毫米　1/32
印　　张　4
字　　数　42千
版　　次　2024年4月第1版
印　　次　2024年4月第1次印刷
书　　号　ISBN 978-7-5533-4708-0
定　　价　48.00元

用微信或京东
APP扫码购书

用淘宝APP
扫码购书

重庆大学出版社
重点出版传播项目

物物 著

（第二版）

猫，不仅仅是一个名词

何小竹

幼幼自称"重度猫瘾患者"。确实，她爱猫爱得太很，证据就是这本诗集。读她的作品也有几年了，印象中她从未这么深情、耐心、细致地写过一个人（嫉妒吧，人类）。不过我相信每个读到这本诗集的人，都会被她如此深情、耐心、细致的诗句所打动，哪怕像我这样对猫并不是那么上瘾的人。这些以猫为主语的诗，有着猫一样的属性，神秘、深沉、慵懒，同时又天真、顽皮、有趣。我们读这些猫的诗，不仅能感受到猫的这些共性，更难得的是，还能看见这只猫穿行在字里行间的个性，它不是一

般的猫。假如哪天我们在街上看见它，我们一眼就能认出来，这是余幼幼的那只猫。我们完全可以将这本以猫为主语的诗集看成是第一人称书写的自传。猫就是幼幼，幼幼就是那只猫。这本诗集也可以说是余幼幼诗作中的一个异类。相比她其他写自己的那些诗，这本诗集中的诗可能更接近她自己。不得不说，猫真是一种有灵性的动物。它既能让诗人附体，也能自己附着于诗中的词语，像一个巫师一样，牵引出诗人内心的秘密。由此看来，猫，不仅仅是一个名词，也是一个动词。

目录

猫来了
没过完夏天
猫又来了
没过完春天

猫在任何它想醒来的

时刻醒来

1

猫醒了
不在一天的开始
也不在一天的结束
它自由地
在任何一个
它想醒来的时刻醒来
在任何一个地方
都有猫
醒来时没有太阳
没有月亮
没有其他猫醒来

2

猫叫醒了某个早晨的
自己
叫醒了它
作为猫的淘气
猫叫醒了我
我却叫不醒它

3

猫总是在
我起床开门的
第一时间
出现
早于拉起窗帘
阳光进来的时刻

4

猫 ⋯⋯⋯⋯⋯⋯⋯⋯⋯⋯

转了几圈

终于趴下

那些并不规则的圆
早就被阳光
画出来了

只有猫能看见

5

猫睡了一个下午
整个下午
都被它用完了
也不给我
留一点

6

猫的瞳孔

在一天中变化

放大或缩小

吸收的光有好有坏

好的时候

它的眼睛可以拧出水

坏的时候

把手伸进去

抓一把眼泪出来

7

猫怀疑过
一天的长短
也试图用睡意
占领所有的时间
但是它忘了
肚子会饿
我也会想它

8

猫浪费了一天
又一天
什么也不做
它只负责将大把大把的
时间花掉
我也只能眼睁睁
看它花掉

9

猫脏兮兮的
却比近日的空气干净
把猫吸到鼻腔里
打个喷嚏出来
就更干净了

10

猫来了
没过完夏天
猫又来了
没过完春天
连四季都
变得不完整了

11

猫咳嗽的时候
秋天已经不多了
它卷起舌头
发出喘息般的声音
想把秋天延长

12

猫身绵又软
小雨嘀嗒下
秋风一刮
地上就长出
一片猫
快来捡吧
快来捡吧

猫一点都不坏
它留了足够的灯光
等人发现它

眼睛的背后 猫藏在

13

猫在路灯下偷灯光
只要有人来
它就逃跑
路灯依然那么亮
猫一点都不坏
它留了足够的灯光
等人发现它

14

猫从前不知道我
不吃我买的罐头和猫粮
在很远的地方玩耍
我去找它
认识它
想和它一起回家
但是我没有看见它
过了一天
它自己来找到我

15

猫是新猫
在它身上找
新的跳蚤
新的痒
和新的喜欢

16

猫到底叫什么名字
很让人头疼
取了各种名字
到了最后
叫起猫来都是
咪咪

17

猫走钢丝
顽固的步伐
牢牢抓住栏杆
它不是怕死
是不知道
为什么会死

18

猫在家里跑火车
身后拖着数节
它以为的车厢
翻过电视柜和餐桌
轰隆隆轰隆隆

19

猫有假想敌
藏在眼睛的背后
忘记关窗户时
它们最对立

20

猫这时
应该躺在一片云上
像往常那么懒洋洋

云在往下落
因为猫太重了

载不动
就掉下去变成雨

21

猫爱烤火
把身体烤热

糊　味　飘　香

烤红苕烤土豆
也不过如此

22

猫喜欢看书
在不认识的字里面
猫是不认识的片段
单成一页

读到半夜
它就不知不觉
翻了无数页

23

猫把瞌睡往树上堆
树枝被压弯
只听见噼啪一声
瞌睡逃跑了

24

猫学会了开门
跳起来
扳下门把手
大摇大摆走进卧室
又迅速出来
原以为它在炫耀
开门的技能
后来才发现
它只想
确认我还在

25

猫漂洋过海
在岛上
变成黑的、白的和花的
猫这么善变
我想念它的方式
却不能
换成另一座岛

26

猫在被遗忘的地方
挖好洞穴
囤积小鱼干
好多洞穴
不是每个都有小鱼干

27

猫不顺从
任何人的抚摸
除非你有
一双顺从的手

28

猫在某个时候
回顾起人类的一生
一半是屎
一半是猫

29

猫统治着
四平方米的空间
任何人都不得越界
在其余的八十多平方米中
它把头伸给我抚摸

30

猫爪子消除了
全部的声音
在房间里踩着
很小很小的秘密走动
花瓶打碎了
才发现
秘密其实有声音

猫蹲在小板凳上
看我做饭
一顿又一顿
一天又一天

猫需要床、毯子和
另一个爱人

31

猫横着竖着
斜着圈着
它占领的
所有地盘
都是一个国家

32

喵～～～～～～～～～～～

猫的叫声绵长
而娇气
像个婴儿
睡在太阳底下
在光线退场的傍晚
猫退回我的怀中
成为我的小孩

喵～～～～～～～～～

喵～～～～～～～～～～～～

喵~

喵~

喵~

~~~~~~

~~~~

33

猫偏爱阳台
草长到十厘米高
猫低头咀嚼
碰巧草也在阳台

34

猫感冒了
我也感冒了
我们都不吃药
吃再多药
也治不好愈来愈
冷的天气

35

猫抱在怀里
它把体温传给我
我传给沙发
沙发再传给墙壁
整个房间都暖和起来

36

猫蜷缩在我的肚子上
用它的肚子
贴着我的肚子
咕噜噜　咕噜噜
饿了的声音
也是咕噜噜

37

猫跟着我睡懒觉
我的脸朝哪边
它就朝哪边
我不起床
它也不起床

38

猫伸伸懒腰
身体成为一个凹槽
仿佛可以装
很多很多东西
那就把我装进去吧
如果我能
代替那些东西

39

猫把重心
放在肚子上
那一堆细细的绒毛
何以承载猫的
重量
还好这些重量
都在我的肚子上

40

猫有一些欢乐的东西
藏在气味里

气味飘多远

猫就飘多远

留住装气味的玻璃罐
就能留住猫

41

猫看我
到了房间另一边
预备向我飞奔过来
中途路过猫食盆
骤然停下吃起了东西
然后就忘了
向我飞奔过来

42

猫经常在
我的脖子周围
闻呀闻
猜测它想闻出
一串铃铛
因为猫的脖子上
挂着铃铛
它希望我和它
一模一样

43

猫玩累了
需要休息休息
窗台那么大
餐桌那么光滑
地板那么宽敞
却偏偏要
睡到我的双腿之间

猫选择了我
这是它的偏执

44

猫重新被叫作猫
不叫作人
或其他名字
是因为
它从来不反悔

45

猫正在筛选
它喜欢或不喜欢的
食物和玩具
我不在选择范围之内
只能说猫也有
别无选择的时候呀

46

猫比我们都聪明
只是从不显露
它不需要练习就能
把人心抠破
看到里面的空虚

47

猫走进一个念头中
停下来摇摇尾巴
舔舔毛发
你就再也不能
把这个念头收回

48

猫避免了
我与过多人来往
一想到要见谁
思索片刻
算了算了
还不如猫呢

49

猫啊
你快点长大
两米的身子躺在客厅
这就是我想要的
巨大的悲伤

50

猫打我
也许不是真的打
而是为了引起关注
或者跟我玩
玩就玩嘛
为什么要动手

51

猫蹲在小板凳上
看我做饭
一顿又一顿
一天又一天
它心里很明白
自己一口也
吃不上

52

猫粮并不好吃
没有味道
在我吃过最难吃的
东西里
排倒数第二
排倒数第一的东西
我至今还没吃过

53

猫用额头顶住
我的下巴
顶住吃饭的家伙
好让所有的美味都
进不了他人之口

54

猫凑近我的脸
伸出舌头
又缩回去
最后留下一个吻
眼里尽是
对肉的渴望

55

猫吃了我
不想吃的肉
在我不想生活的
地方
越长越胖

56

猫一天天长大
肚子往下掉
尾巴变粗
经常独自望着
窗外发呆
它不需要我叫它的名字
自从猫有了名字
我很需要
每天都叫它

57

猫睡在我的腿上
它没有醒
我就不敢动
不知道什么时候
我变得这么
心软了

58

猫把人变傻

智商降到十八层地狱

魔鬼见了

都要吐舌头

猫吐舌头

可比魔鬼可爱多了

59

猫四脚张开
撑得很高
以至于我每天
用鼻尖就能
触碰到
调皮的空气

60

猫用胡子在我脸上蹭
特别痒
让人想起小时候
那会儿是胡茬儿
短粗锋利
除了痒还很痛

61

猫换牙了
还故意把牙齿
留在我的枕头边
等我醒来
第一眼就看见

62

猫遇到不喜欢的东西
就要伸爪子
试图把它埋了
想像猫一样
把生活埋了

63

猫一岁了
刚来的时候
可以捧在手心里
现在摊开双手
不及它的三分之一
猫还会长大
吃很多肉和粮食
游荡在风中
像雨掉下来时那么容易

64

猫有个固定思维
不管我在房间里
走到哪儿
做什么
都要给它留一个
蜷缩的位置
包括绝望时候的叹息

65

猫趴在阳台上
指甲紧紧抠住栏杆
它很好奇
外面长什么样
又觉得外面很高
猫很矛盾
矛盾更让它害怕

66

猫需要我吗
我害怕它不需要我
因为我需要猫
迫切的时候十分想哭
在没有猫的阳台
眼睛不由自主
替它往楼下看
没有一个人认识
猫也不认识

<u>67</u>

猫躺在我的腿上
很久都没如此安静
靠在身旁
它没有睡着
而是睁大眼睛
把头偏在一边
猫既生气又想我
不理我却又不离开

68

猫应该劝我
少喝点酒或者
多睡点觉
以前
猫从来都是陪在我身边
无视我
然后放任我
和它待在一起
做不该做的事

69

猫来到我这里
做了另一只猫
以前它是怎样的猫
是不是像
现在这样忧郁
被丢弃的时候
是不是把快乐
也一起丢了
猫变成我的猫
它还是它

70

猫气呼呼地
要找一个地方
进入黑夜
于是我闭上眼睛
让它进来
我眼睛不睁开
它肯定会
跑得快一点

71

猫与褪黑素
都能让人睡到
第二天早上
醒来药效退去
我还是我
猫还是猫

72

猫钻进被窝
特别是在冬天
猫觉得自己是一个人
它需要床
毯子
和另一个爱人

73

猫做不做梦呢
很长的梦
需要火车来载
我因为睡不着
才养猫
我抱着它睡
梦就越来越长

猫一定是躲起来了
我还没有找到它
总有一天
它会主动跑出来

猫是坏天气挤出来的一朵云

74

猫是坏天气
挤出来的一朵云
灰色的猫
灰蒙蒙的天
都需要我抬头仰望

75

猫抑郁了
不吃东西也不理人
它绕了很多圈
离开家
来到市中心
房子里没有猫
房子也抑郁了

76

猫住在医院
每天输液吃药
猫的身材模样都和
健康的猫一样
它是一只好猫
好猫住进医院
也不会成为一只坏猫

77

猫遇到了
无法留在我身边的
困难
我也遇到了
同样的困难
我们一起来面对
谁也别放弃
好吗
好吗
好吗

78

猫啊
我想哭
止不住地哭
你能不能
把眼泪收集好
等到哭不出来的那天
再假装还给我

79

猫快乐一点
我也快乐一点
什么时候
我们都不那么孤独
凑在一起
它玩它的
我玩我的
我们还是快乐

80

猫没有跟我告别
最后它去了
土里生活
我把泥土挖出来
给它腾地方
没有家宽敞啊
猫会不会想回家

81

猫其实死了
死亡这么远的东西
跑得却很快
它怎么就找到了猫
没经过同意
就把猫塞进了黢黑的
麻袋

82

猫只有一条命
多出的八条
随着电梯升降
来到高层
俯瞰下面的身体
死过的猫
不想再死第二次

83

猫的呼吸如果
再延长一秒
这一秒
很长很长
楼层会为它变矮
树林会为它伸展
我会帮它穿上
最灵巧的降落伞

84

猫来得很突然
去得也很突然
说什么好呢
我们这么突然地相遇
必定又突然地分离

85

猫毛那么不规则
那么顽皮
那么轻
什么时候才会
和我的记忆
严丝合缝
只需要一根
就可以证明它存在过

86

猫以前喜欢钻到抽屉里
当它不在这个世界上
除了剩下剪刀
所有的抽屉
都是空的

87

猫打哈欠了
它有点厌倦这里
不想在这里玩
也不想在这里吃喝拉撒
索性我也不跟它玩了
它爱去哪儿去哪儿
我假装没看见

88

猫还好吗
在另一个星球
看得到我吗
哪怕看不到我
它也是猫啊

89

猫喜欢我
我也喜欢猫
就是没有办法
一直在一起
猫或许在
模仿人类的感情
越是相爱
就越要分离

90

猫的去世提醒我：
我养过许多动物、植物
到现在
唯一活着的
只有我自己

91

猫回来了
木地板嘎吱作响
百叶窗发出叮叮当当的声音
但是猫没有跳上床
窗台上没有脚印
一切都是
我以为

92

猫的玩具还在
猫粮没吃完
罐头快过期了
真是一只浪费的猫
坏习惯
要严厉批评

93

猫一定是躲起来了
我还没有找到它

总有一天
它会主动跑出来
发现自己用过的东西
都在原来的位置
一动不动
等着它

94

猫头先进
猫身还留在外面
它卡在无法消除的
自责中
对不起啊
小宝贝
自责是我自己的事
你快出去吧

95

猫来到梦里
梦可真开阔啊
它可以随意玩耍
上蹿下跳
把东西叼起
砸中我的脑袋
我气得醒来想打它
可是猫并没有
从梦里出来

96

猫陆续跑回来
从梦的侧面
用尾巴拂去我的呼叫
它们仿佛没听见
所有的猫就像
一只猫那样
去了就不再回来

97

猫以前把打火机
全都玩到了沙发底下
让我经常找不到
我很生气
猫却暗自高兴

今天打扫卫生
从沙发底
扫出一大把打火机
原来都是猫留给我的

98

猫为了好玩
要去找一个新主人喽
新主人飞啊飞
不再降落
尽管猫会后悔
没有翅膀
但好玩或许更加重要

99

猫来了又走
走了又来
换了很多个瞳孔
但都反射出
更多的猫
正在来的路上

100

猫
再见了

真正的告别
是把你的最后一天
和我的每一天
埋在一起

后

记

《猫是一朵云》写作之初并未考虑过它会出版，此次再版也充满着惊喜与意外。遗憾的是，我的猫再也不会活过来了。两只猫于2018年和2019年因疾病和意外先后离世，也使得后续的几年，我的创作多是围绕着猫这种动物进行，不管是文字还是绘画，均是为了化解我心中的丧猫之痛，每每忆起它们，就忍不住掉泪。

这本诗集的成形是毫无知觉的，想猫的时候就写几句。我只管接受诗的到来，然后负责把这些句子誊写到电脑上。我像一个文字的搬运工，而真正的创作者是我的猫，没有它们，就不可能有这部作品诞生。时间一晃过了两三年，积累下来，竟然有那么多。

最初，我以为这些小诗是非常私人的记录，没想到发了几首到社交平台上，却引来了许多养猫人的共情。几年过去了，不断还有人在下面留言，那几条帖子仿佛成了"哭墙"，让天南地北的丧猫之人汇聚在此，共同倾诉和缅怀。

人类的悲欢并不相通，却因为猫而相连。

这难道就是写作的意义？或许并不尽然，只能说它并非书写的初衷，而恰好被渴望真情的人们识别到，发自内心的对另一种生命的认同，那近乎是一种纯粹的爱，不求回报，不包含任何杂质，也不包含人类自以为是的判断。

这部诗集绝非怀着抱负的野心之作，它只是一种真情的流露，而人类恰恰需要这样的真情，沉浸的、忘我的、无私的，不论时空如何转变，依然留存于心中的纯真无邪的爱。

我和小猫的一件小事

猫是一朵云

猫一定是躲起来了
我还没有找到它

总有一天
它会主动跑出来

青春文艺

ISBN 978-7-5533-4708-0

9 787553 347080 >

定价：48.00 元